curiosidad por

EL PORRISMO

POR KRISSY EBERTH

AMICUS LEARNING

¿Qué te causa

curiosidad?

Curiosidad por es una publicación de Amicus
P.O. Box 227, Mankato, MN 56002
www.amicuspublishing.us

Editoras: Grace Cain and Megan Siewert
Diseñadora de la serie: Kathleen Petelinsek
Diseñadora de libro y investigación fotográfica: Emily Dietz

Library of Congress Cataloging-in-Publication Data
Names: Eberth, Kristin, author.
Title: Curiosidad por el porrismo / by Krissy Eberth.
Description: Mankato, MN : Amicus Learning, [2025] |
Series: Curiosidad por los deportes | Includes index. |
Audience: Ages 6-9 years | Audience: Grades 2-3 |
Summary: "Conversational questions and answers share what kids can expect when they join a cheerleading squad, including what gear to bring, common arm movements, and what a competition is like. A Stay Curious! feature models research skills while simple infographics support visual literacy. Includes glossary and index"– Provided by publisher.
Identifiers: LCCN 2023045307 (print) | LCCN 2023045308 (ebook) | ISBN 9781645499572 (library binding) | ISBN 9798892000079 (paperback) | ISBN 9798892000505 (ebook)
Subjects: LCSH: Cheerleading–Juvenile literature.
Classification: LCC LB3635 .E2518 2025 (print) | LCC LB3635 (ebook) | DDC 791.6/4–dc23/eng/20231023

Photo Credits: Adobe Stock/Design Planet, 15; Alamy/Cultura Creative RF, 2, 12, dov makabaw, 3, 18, Hero Images, 21, John Green, 5; Dreamstime/Ag042d, 19; iStock/Alexey Yakovenko, 22, 23, ChrisGorgio, 17, cmannphoto, 2, 6, DaydreamsGirl, Cover, 1, Drazen Zigic, 7, Frazao Studio Latino, 7, Joseph Calomeni, 9, shironosov, 14; Shutterstock/Adopik, 13, JoeSAPhotos, 4, jsalasberry, 22, 23, Lopolo, 11, Pavel L Photoand Video, 16, Yuri A, 20; Wikimedia Commons/Public Domain, 10, 11

Impreso en China

CAPÍTULO TRES

Competir y actuar
PÁGINA
16

CAPÍTULO UNO

¡Una gran sonrisa ayuda a asegurarnos de que todos se diviertan!

¿Para quién haré porras?

¿SABÍAS QUE...?
Los primeros porristas
estuvieron en la
Universidad de
Minnesota,
en 1898.

Los porristas animan a los
aficionados durante los partidos.

Harás porras para equipos deportivos y tu escuela.
Muchos deportes tienen **cuadrillas** de porristas. Los
porristas se aseguran de que sus aficionados se
diviertan. También animan a sus equipos. Animan
a los jugadores desde las bandas laterales.

¿Qué equipo necesito?

Un megáfono hará que tu voz suene más fuerte.

No mucho. Usa zapatos atléticos y ropa elástica. Esto facilita el movimiento. Lleva una botella de agua, por si te da sed. Algunos equipos usan **megáfonos**, letreros y pompones. Tu entrenador(a) te dirá si se necesita algún equipo adicional.

Usar ropa elástica para practicar te permitirá moverte con mayor libertad.

Mientras animas a tu equipo, es importante que te hidrates. ¡Te vas a mover mucho!

¿Puedo gritar?

¡Sí! Los porristas usan mucho su voz. Durante los partidos y las competencias, cantas porras. Esto emociona a la multitud. Practica respirando hondo. Esto ayudará a fortalecer tu voz. Aprenderás a **proyectar** tu voz. Así, ¡todos podrán oírte!

Usar una voz
fuerte ayuda a
que los aficionados
y los jugadores
oigan tus porras.

¿Quién puede unirse al porrismo?

Tanto los hombres como las mujeres pueden ser porristas. Este deporte empezó solo con niños. Pero ahora tanto los niños como las niñas pueden estar en el mismo equipo. Te asignarán en una cuadrilla con niños de edad y habilidades parecidas a las tuyas.

¿SABÍAS QUE...?

Cuatro presidentes de EE. UU. fueron porristas en la universidad.

Franklin D. Roosevelt

Todos en la cuadrilla deben usar el mismo uniforme. Incluso, usan el mismo calzado.

Dwight D. Eisenhower

Ronald Reagan

George W. Bush

Tú y tu cuadrilla practican rutinas
y movimientos, paso a paso.

¿Qué haremos
durante las prácticas?

Plataforma

Touchdown

Músculos

Movimiento en T

Movimiento alto en V

MOVIMIENTOS COMUNES DE LOS BRAZOS EN EL PORRISMO

¡Se divertirán mucho! Siempre estira tu cuerpo antes de la práctica. Aprenderás acrobacias, saltos y porras. Los porristas se mueven y cantan porras al **unísono**. Tu entrenador(a) te enseñará una **rutina** con música.

Al hacer acrobacias, tú y tu cuadrilla necesitan confiar unos en otros.

¿Cómo estaré a salvo?

Aprenderás a estirarte y a practicar de manera segura. Las colchonetas ofrecen un aterrizaje suave durante las piruetas y las **acrobacias**. Un **guía** siempre observa las acrobacias o lanzamientos. Se asegura de que todos estén a salvo y atrapa a algún porrista si se cae.

¿SABÍAS QUE...?
En una de las acrobacias, un volador es lanzado o levantado en el aire. Uno o mas porristas base lo levantan.

Volador →

Guía →

Base principal →

← Base secundaria

UNIRSE A UN EQUIPO

CAPÍTULO TRES

¿Dónde actúan los porristas?

COMPETIR Y ACTUAR

Una cuadrilla de porristas actúa en una competencia.

Una cuadrilla escolar hace porras para sus equipos deportivos escolares. Se presentan en las reuniones de ánimo y en los partidos deportivos. Una cuadrilla de competencia viaja para competir contra otros equipos de porristas. Algunas cuadrillas hacen ambas cosas. Cantan porras para los equipos deportivos y compiten.

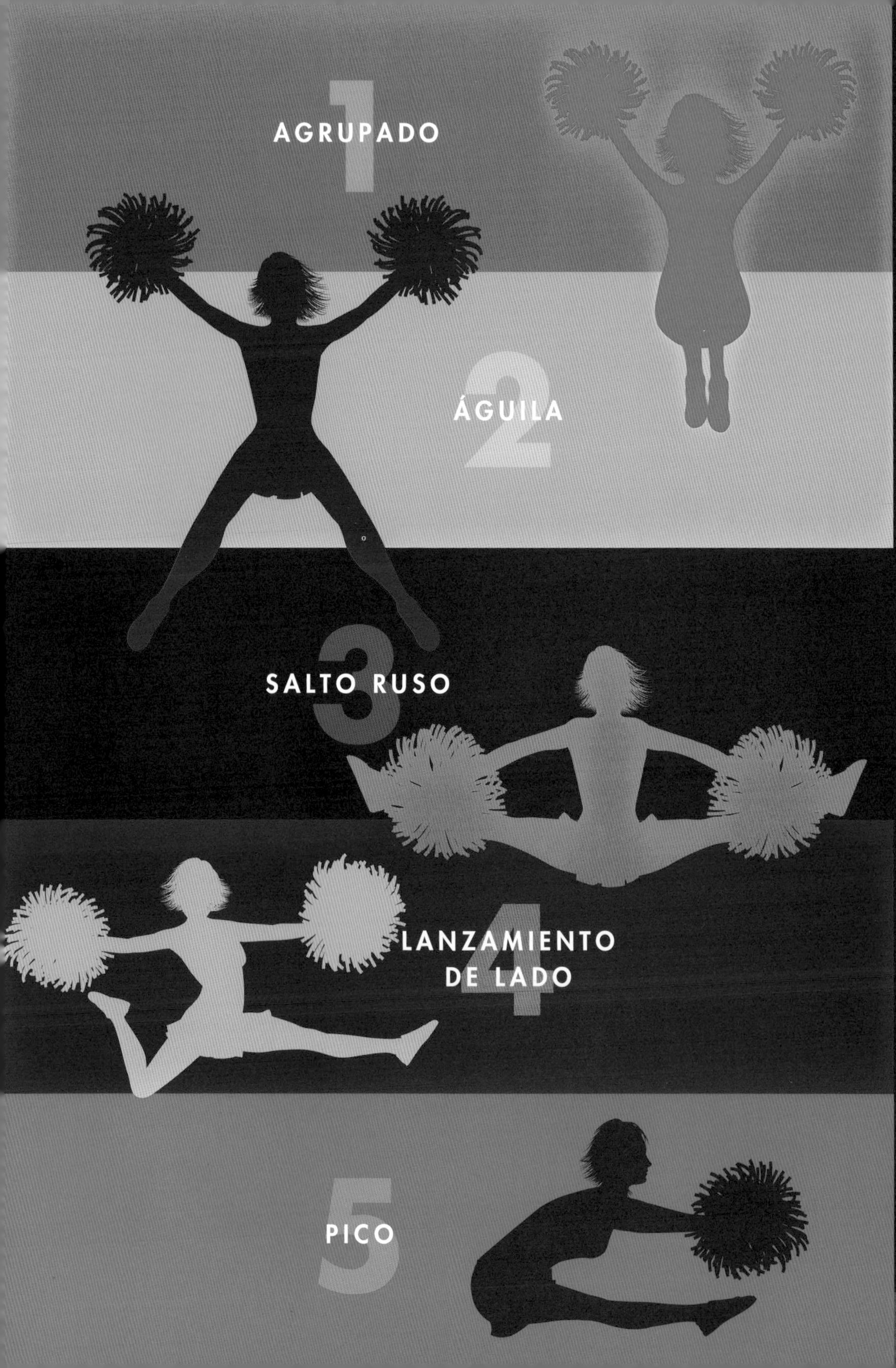

1
AGRUPADO
2
ÁGUILA
3
SALTO RUSO
4
LANZAMIENTO
DE LADO
5
PICO

SALTOS COMUNES EN EL PORRISMO

Tú y tu cuadrilla pueden ganar premios por competir.

¿Cómo es una competencia?

¡Es emocionante! Tus amigos y familiares te animan. Presentas la rutina que practicaste. Durante la rutina, bailas y cantas siguiendo formaciones. Hay muchas acrobacias y piruetas. Los jueces premian a la cuadrilla con la mejor actuación.

Las competencias son
una manera divertida de
presumir la rutina que tú
y tu cuadrilla practicaron.

¿Tendré que hacer una audición?

En una audición, le muestras al entrenador lo que sabes.

Tal vez. Algunos equipos tienen audiciones. Pero otros no. Una audición es cuando muestras tus habilidades a los entrenadores. Te enseñarán nuevas porras para presentar. ¡Los mejores porristas consiguen unirse a la cuadrilla!

Está bien si no sabes los movimientos de inmediato. Tu entrenador(a) te enseñará.

HAZ MÁS PREGUNTAS

¿Cómo encuentro una cuadrilla de porristas a la cual unirme?

¿Los porristas tienen que ser flexibles?

Prueba con una PREGUNTA GRANDE: ¿Cómo afecta a los equipos deportivos tener porristas?

BUSCA LAS RESPUESTAS

Busca en el catálogo de la biblioteca o en el Internet.
Pueden ayudarte tus padres, un bibliotecario o un maestro.

Usar palabras clave
Busca la lupa.

Las palabras clave son las palabras más importantes de tu pregunta.

Si quieres saber sobre:

- cómo encontrar una cuadrilla a la cual unirte, escribe: CUADRILLA DE PORRISTAS CERCA DE MÍ

- si los porristas tienen que ser flexibles, escribe: SON FLEXIBLES LOS PORRISTAS

GLOSARIO

acrobacia Una acción difícil y, a veces, peligrosa.

base Los porristas que levantan, lanzan o atrapan al volador durante una acrobacia.

cuadrilla Grupo de personas que participan en la misma actividad.

guía El porrista que observa la acrobacia y está listo para ayudar a fin de evitar lesiones.

megáfono Dispositivo en forma de cono usado para que tu voz suene más fuerte cuando hablas a través de él.

proyectar Hacer que tu voz llegue muy lejos.

rutina Una serie de movimientos que se repiten como parte de una presentación.

unísono Al mismo tiempo.

volador El porrista al que levantan o lanzan durante una acrobacia.

ÍNDICE

Acerca de la autora

Krissy Eberth fue porrista en la universidad. A ella le encanta estar activa, especialmente practicando deportes con su esposo y sus dos hijas. Cuando no está en su escritorio, se la puede encontrar esquiando, practicando senderismo o recorriendo en bicicleta los caminos del norte de Minnesota.